Ute Rabenalt

Ute Rabenalt

Der flitzende Fisch oder Ulla rennt um zu Leben

Band 2

Ulla und Tom in London

Die Deutsche Nationalbibliothek verzeichnet diese Publikation in der Deutschen Nationalbibliografie; detaillierte bibliografische Daten sind im Internet über http://dnb.de abrufbar.

© 2018 Ute Rabenalt
Alle Rechte vorbehalten
Idee, Text, Bilder, Fotos, Covergestaltung: Ute Rabenalt
Herstellung und Verlag: BoD – Books on Demand, Norderstedt
ISBN: 9783748131878

Ute Rabenalt

Der flitzende Fisch oder Ulla rennt um zu Leben

Band 1

Die Geschichte von Ulla und Tom

Erschienen: 24.08.2018

ISBN: 9783752828702

Band 2

Ulla und Tom in London

ISBN: 9783748131878

Ulla und Tom in London

Wie versprochen geht es weiter.
Da bin ich wieder, Eure
Durchschnitts Ulla.

Nun möchte ich euch von meinen
London Reisen mit meinem Mann
Tom berichten.

Da Tom mich wieder wahrnimmt
und vielleicht mich auch ein
bisschen gerne hat, macht Reisen
wieder Spaß. Viele Jahre waren
wir wegen unserer
eingebrochenen Beziehung nicht
auf Reisen.

In meinem 1. Buch – **Der flitzende
Fisch oder Ulla rennt um zu Leben**
- erzählte ich euch von unseren
Schwierigkeiten.

Ich, die Durchschnitts Ulla, bin durch die letzten schweren Jahre viel gelassener, ruhiger und selbstverliebter geworden. Hört sich komisch an, aber ich bin auch mal wieder dran.

Tom liebte immer nur seine Arbeit, und als dann noch meine Krebserkrankung dazu kam, hatte Tom gar kein Interesse mehr an mir. Was für ein Idiot, mit einem nicht sehr guten Herzen. Ein Ego Schwein........ sagte er Jahre später, auch von sich selbst. Dass er das erkannte und mir sagte, bedeutete mir sehr sehr viel. Aber leider kam die Einsicht sehr spät. Aber nicht zu spät!!!!! Ich spürte, er wollte mich nicht verlieren und das fühlte sich mal wieder sehr gut an!! Man gut. Denn nur wenn BEIDE wollen, gibt es eine Chance. --- Und wir wollten beide. ---

Ganz schön doof gelaufen, die verlorenen Jahre kommen für mich NIE wieder! Ja und Tom, der hatte ja seinen Spaß, bei seiner sehr geliebten Arbeit. Es gibt immer noch viele Momente, wo ich daran denken muss. Aber nun sind die schlechten Jahre vorbei. Nun kommen die guten Jahre!!

Solche schlechten und guten Jahre hat jede Ehe. Das konnte ich in meinem Umfeld und Bekanntenkreis schon mehrfach beobachten!

Die PERFEKTE EHE ist sicher sehr sehr sehr SELTEN!!

Tom hat Angst mich zu verlieren. Endlich hat er den Schalter in seinem Kopf umgelegt. Tom arbeitet nicht mehr am Wochenende. Er nimmt sich viel Zeit für uns. Und das ist schön! Wird ja auch Zeit!!!!!

Fast jeden Sonntag unternehmen wir was und es macht wieder Spaß mit Tom. Manchmal sind es nur die Kleinigkeiten, wie – wir fahren einfach mal nur Eis essen und gehen spazieren. Das machen wir nun öfter, in unsere kleine Eisdiele im Nachbarort. --- Das ist nun **„Unsere Eisdiele"** ---

Ein kleiner netter Anfang.

Nun gut, das waren viele schlechte Jahre.

Nun machen wir vieles besser. Alles sicher nicht, denn wir sind ja nicht perfekt.

Weil ich ganz oft nachts nicht schlafen kann, sitze ich vor dem Fernseher und gleichzeitig am Laptop. Es gibt so schöne und sehr viele Reiseanbieter. Da wühle ich mich dann immer durch. Mal raus aus Deutschland, mal was ganz anderes, den Gedanken fand ich schön.

Da bin ich bei London – **Südengland** - hängen geblieben.

Ach schön, dachte ich, mit dem Auto nach Leipzig zum Flughafen und dann ab nach London. Wie oft hatten wir schon die Queen, den Buckingham Palast, Westminster

Abbey und Big Ben im Fernseher gesehen. **Beeindruckend!**

Ich werde nun viel mehr mit Tom auf Reisen gehen. Aber das schöne für mich ist, ich kann mir sehr gut vorstellen, auch alleine mit FREUDE ZU REISEN.

Irgendwann schreibe ich euch mal ein lustiges Buch, wo ich alleine auf Reisen war und viel Spaß hatte. Ich mag die Ostsee!!

Ich mag das Leben wieder.

Reisen bildet und man lernt neue Menschen kennen.

Macht das, Leute! Reisen muss nicht teuer sein! Und bildet!

Wir wohnen in einem Dorf, dann will man auch mal das große Leben und mehr von der Welt sehen. Und eine 9 Millionen Stadt bietet da eine ganze Menge.

Dann erzählte ich Tom von meiner Idee. Er war sofort begeistert. Ich hatte schon einmal eine Vorauswahl von einem Hotel im Zentrum, nahe zum Buckingham Palast getroffen. Tom fand das auch sehr gut. Wir hatten ja auch eine ganze Menge zum Nachholen.

Wir buchten dann gemeinsam am Laptop unsere 1. London Reise. Wir nahmen ein preiswertes Hotel, da wir dachten, wir wollen ja viel von der großen Stadt sehen. Das Hotel war nur zum Schlafen und Frühstücken gedacht. Tom bestand darauf, mit Frühstück zu buchen. Das taten wir dann auch.

Frühstück ist ja wichtig, wenn man dann den ganzen Tag unterwegs ist.

So buchten wir dann unsere London Reise für 5 Tage, mit 4 Übernachtungen.

Preis – Leistung war voll in Ordnung. Schon sehr preiswert!

Man kann ja von billig bis teuer alles buchen. Aber wir entschieden uns für ein preiswertes Hotel in der Nähe von vielen Sehenswürdigkeiten.

Wir schauten uns auch vor der Buchung immer die Lage des Hotels an. Das kann man sich sehr gut auf einer Karte während der Auswahl eines Hotels anschauen.

Dann ging es 4 Wochen später los.
Tom macht immer einen großen
Zettel, was ich alles einpacken
muss, und ich packe dann.

Im Internet bestellten wir uns 2
kleine Trolleys, die wir mit in den
Flieger als Handgepäck nehmen
können.

Dann packte ich alles ein und dann
ging es auch schon los. Als ERSTES
steht immer auf unserem
Packzettel Ausweise, Geldkarte
und Medikamente.

Sehr gerne nehme ich für uns auch
eine eigene Toilettenrolle von zu
Hause mit. Schon angefangene
und bereits benutzte
Toilettenrollen hatten wir bereits

schon auf Urlaubstoiletten. Das mochten wir gar nicht.

Unser Flug ging abends, was wir persönlich als angenehm empfanden. Viele Menschen stehen gerne ganz früh auf, praktisch in der Nacht und starten völlig übermüdet. Wir nicht! Jeder gerne wie er mag, sage ich ganz oft!

Unsere Flugunterlagen druckten wir uns vorher am Laptop aus. Und auch die Platzreservierungen, für wenig Geld, buchten wir im Voraus.

Das kann ich jedem Pärchen nur empfehlen, sonst kann es passieren, einer sitzt vorne und der andere hinten. Gut, wer darauf steht?! Aber wir sitzen sehr gerne wieder zusammen, im Flieger und im Leben!!

Im Parkhaus bekamen wir auch einen guten Platz. Wir haben zwar ein altes Auto und doch soll es gut und sicher abgestellt sein.

Zack zack - waren wir dann auch beim Einchecken.

Bei den Flügen nach London fiel uns immer auf, dass sehr viele Engländer schon beim Hinflug präsent waren.

Die Flugzeit betrug nur etwa 2 Stunden. Und der Flieger war jedes Mal „Rammelvoll"!!

Als wir in Stansted, ein Airport in London ankamen, war das schon ALLES sehr riesig. Wir folgten einfach den ganzen Leuten aus unserem Flieger. Wie eine kleine Stadt. Nur beim ERSTEN MAL in

London wussten wir nicht WO und WIE. Aber das änderte sich bei den nächsten Besuchen in London sehr schnell!!

Zu Hause am Laptop hatte ich unsere Reise schon vorbereitet. Daher wusste ich, dass günstige Busse direkt vorm Flughafen für wirklich wenig Geld nach LONDON in die City reinfahren.

Wir bezahlten für uns zwei für Hin- und Rückfahrt mit dem Bus nur 36 Pfund. Sehr sehr günstig!

Die Engländer haben das mit den Bussen sehr gut gestaltet. Alle 20 Minuten fahren die Busse, nach Stadtteilen sortiert, dort pünktlich ab. Wir haben an der Busstation vorm Airport auch viele junge Leute gesehen. Sicher auch viele Studenten. London ist eine Stadt von Welt und ich fühlte mich da sofort wohl. Die große Stadt hat sowas lässiges, irgendwie kann jeder machen was er will, recht cool.

Ich mag sowas sehr!

Jeder soll leben wie er will und nicht doof über andere Menschen quatschen.

Nun gut, so gelangten wir immer gut und günstig zu unserer Unterkunft. Und vom Bus aus konnten wir gleich noch ein wenig von der tollen Stadt sehen!

Immer kamen wir so gegen Mitternacht in unserem Hotel an.

Im Stadtteil Paddington kamen wir sehr nah an dem großen Bahnhof an. Und immer war nachts noch viel Lärm und Trubel am Bahnhof.

Manchmal haben wir da in den Seitenstraßen komische Gestalten gesehen.

Ich muss zugeben, da sind wir auch manchmal EIN SCHRITT schneller gegangen. Sehr viel schneller gegangen! Fasst gerannt! **Denn ich sage immer: „Es gibt NICHTS, WAS ES NICHT GIBT!!"**

Obwohl ich, die Durchschnitts Ulla, wirklich nicht mehr sehr ängstlich bin.

Ich würde auch sehr gerne mal länger in LONDON leben und auch gerne arbeiten! Warum nicht? Aber Tom ist von der Idee überhaupt nicht begeistert!

Sehr gerne würde ich LONDON nicht NUR als Tourist kennen lernen. Ich glaube, das würde mir sehr gefallen. Mal was anderes und ohne Tom. Super! Und vor allem ohne Tom – hi, hi!

Irgendwann mache ich das mal. Alleine nach London, aber in die schönen Ecken und in ein teures Hotel! Einfach schön! Ich lebe recht bescheiden. Muss ich aber nicht. Aber wiederum….. SCHÖN muss nicht teuer sein!!

Eure Durschnitts Ulla

Guckt mal bitte auf das nächste Bild, das bin ich, die einsame Telefonzelle --- Keiner interessiert sich für mich --- Upps! Aber diese schlechten Jahre sind vorbei. Und diese Einsamkeit kommt für mich nicht wieder! Nun bin ich stark genug und lasse das nicht mehr zu! Und ihr Lieben müsst auch nicht alleine sein. LASST ES NICHT ZU!!

Unsere Hotelzimmer waren dort immer sehr einfach. Kleines, etwas schmuddeliges und etwas verdrecktes Zimmer. Eben alles alt und sehr benutzt. Auf die Kopfkissen legte ich uns jedes Mal noch ein sauberes Handtuch. Das fühlte sich dann etwas sauberer an. Die Toiletten waren eigentlich alt, verrostet und abstoßend. Da packte ich immer gleich mein kleines Sagrotan- Desinfektions- spray aus und säuberte das Wichtigste. Aber Preis/Leistung war super! Für das „kleine Geld" erwarteten wir auch keine große Leistung.

Für uns war das OK!

Wirklich schön und gut war jedes Mal das Frühstück. Da ging es mit dem Fahrstuhl immer in den Keller. Der Engländer frühstückt sehr gerne im Keller. Kleine 4er Tische und ein liebevoll angerichtetes kleines Buffet. Alles da!

Jedem Gast wurde auf Wunsch ein Kännchen Tee an den Tisch gebracht. Und der Tee war wirklich lecker. Brötchen mit Honig, Marmelade oder Wurst. Tom nahm immer Wurst. Und ich sehr gerne Honigbrötchen. --- Lecker! ---

Ich bin die Durchschnitts Ulla und für mich war das einfache Hotel mit dem leckeren Frühstück völlig ausreichend. **Ich war zufrieden und mein Tom auch.**

Da ich zu Hause am Laptop mir schon immer unsere Bus – Nummern raussuchte, konnte es DIREKT losgehen. **Rein in die City.**

Am 1. Tag in LONDON sind wir generell zur Westminster Abbey gefahren.

Westminster Abbey befindet sich in der „City of Westminster".

Eine wirklich sehenswerte Kirche mit Geschichte.

Dort werden traditionell die Könige von England gekrönt und beigesetzt.

Dort sind auch viele berühmte Menschen bestattet.

Wie: Maria Stuart, Isaac Newton, Charles Darwin und Georg Friedrich Händel.

Georg Friedrich Händel war ein deutsch-britischer Komponist und starb 1759 in London. Ein ganz bekanntes Werk von Georg Friedrich Händel ist – Der Messias – „Halleluja".

Sehr schön, einfach GENIAL!

Und gerade „Halleluja" klingt in einer Kirche ganz GROSSARTIG! **EXCELLENT!**

Wochentags kann man um 17:00 Uhr kostenlos die Westminster Abbey besuchen.

Eine Stunde Gottesdienst und Gesang.

Wir sind nicht sehr kirchlich, aber das hat uns immer sehr beeindruckt. Wirklich schön! Und der Andrang an Menschen war immer riesig.

Danach sind wir immer über die „Westminster Bridge" zum Riesenrad „LONDON EYE" gelaufen. Die „Westminster Bridge" ist eine Brücke über den Fluss Themse in London. Dort fahren sehr viele Autos und Busse. Und auch sehr viele Fußgänger waren dort unterwegs. Immer! Wirklich immer!!

Die Themse sah immer sehr schmutzig aus. Sehr schmutzig, richtig braunes Wasser. Man möchte nicht wissen, was da alles reinläuft?!

Aber egal, wir mögen „Unser London"! Für die wenigen Tage, war es immer **„Unser London"!!**

London hat wirklich eine Menge zu bieten für Jung und Alt. Für junge Leute gibt es da ganz tolle Möglichkeiten, wie sehr schöne Clubs und Discos mit Niveau.

Diese Stadt ist auch wunderbar, um zu studieren. Und man lernt gleich die englische Sprache.

Englisch ist eine Weltsprache. Darum wird Englisch schon in der Unterstufe in Deutschland unterrichtet. Das finde ich sehr gut.

Mitten auf der „Westminster Bridge" mit Blick zum „London Eye".

Big Ben und London Eye

Natürlich sind wir auch mit dem Riesenrad gefahren. War ganz schön teuer. Aber - was ist nicht teuer in London! Es waren EXTREM viele Menschen dort und doch ging es schnell. Die Gondeln sind durchsichtig und sehen aus wie Augen. --- London Eye ---

Zack, zack waren wir in der durchsichtigen Gondel. Die Gondel mit der Nummer 13 gibt es NICHT! Das Riesenrad bleibt NIE stehen, es ist immer langsam in Bewegung.

Die Aussicht war ERSTKLASSIG!!
Wir schauten gleich, wo wir noch überall hin wollten.

Nun war es schon dunkel und in der Dunkelheit sieht London sehr schön aus. Das Riesenrad ist 68 Meter hoch und einfach nur TOLL! Ein paar Schritte weiter starteten wir dann unsere Bootsfahrt auf der Themse.

Blick vom Boot auf die „Tower Bridge" --- SENSATIONELL ---

Nun fühlten wir uns richtig in London angekommen. Ganz tapfer saßen wir oben auf dem Boot, bei gefühlten 10 Grad – frostig --! Wir hätten auch unten im „Warmen" sitzen können, wollten wir aber nicht! Das Erste Mal seit vielen Jahren fühlte ich mich wohl mit Tom, und Tom scheinbar auch mit mir. Tom scherzte sogar und erzählte sehr viel. Es war sehr gut, dass wir uns mal auf Reisen gemacht haben und London war echt schön. Aber London war vor allem schön, weil wir uns wieder hatten! Tom sagte sogar oft: „Schön, dass wir die Bootsfahrt gemacht haben!" Und ich sagte: „Aber ganz schön kalt!" **Und dann lachten wir beide.** Tom legte seinen Schal auf unsere

Holzsitzbank, mehr in meine Richtung, damit mir nicht so kalt wird. Das fand ich nett. Er sagte auch oft:"… wir müssen mehr GEMEINSAM unternehmen!!" Das stimmt, dachte ich noch.

Reisen verbindet, stimmt tatsächlich!

So eine Städtereise, wie London, bildet ungemein, ist aber auch Stress. Wir mögen London und wir kommen bestimmt noch ein 5. Mal. – Eine schöne Stadt –

Wir fuhren durch zahlreiche Brücken und eine Engländerin kommentierte am Mikrofon unsere frostige Bootstour. Da unsere Muttersprache deutsch ist und wir nur wenige Englischkenntnisse haben, verstanden wir nicht viel. Und dennoch eine ganz fantastische Bootsfahrt in der Kälte auf der Themse. So eine Bootsfahrt möchte ich allen, die einmal London besuchen, sehr empfehlen!! **Eure Durchschnitts Ulla**

Für alle Paare sollte es schöne Gemeinsamkeiten geben, wie bei uns zurzeit, das Reisen.

Viele Paare kochen gemeinsam und essen anschließend zusammen. Auch schön.

Eine weitere schöne Gemeinsamkeit wäre kuscheln oder auch mehr. Das belebt jede Beziehung und hält sie auch besser zusammen.

Ich bin nach den vielen schlechten Jahren mit Tom wieder wach im Kopf, und das gefällt mir sehr. Hat lange gedauert, mich selber aus der „Scheiße" zu ziehen, aber ein anderer macht das nicht!

Zu meinem Geburtstag Ende Oktober fahre ich alleine an die Ostsee. Und ich freue mich sehr. Tom nehme ich NICHT mit, der ist irgendwie die letzten Jahre verstorben und benimmt sich wie ein Toter. Nun gut, dann soll er das machen, aber ohne mich. Ich, Eure Durchschnitts Ulla, habe meinen Schilddrüsenkrebs vor über 10 Jahren überlebt. Da bin ich sehr sehr glücklich und ich weiß das Leben SEHR zu schätzen!!

Ich, die Ulla, lebe wieder sehr gerne. Zur Not auch alleine.

Muss ich aber nicht, da Tom und ich uns wirklich sehr gut wiedergefunden haben.

Wir haben wieder sehr viel Spaß miteinander!!!!!

Nach jeder Ebbe kommt die Flut!

Weiter geht's!

Da wir nun schon durch die „Tower Bridge" mit dem Boot gefahren sind, wollten wir nun auch zum „Tower of London".

Wir wussten nur, dass im Tower die Kronjuwelen sind. Der Eintritt für mich und Tom war wieder, wie bei allen Sehenswürdigkeiten in London, recht teuer. Echt eine teure Stadt „ Unser London", aber schön. Ich erinnere mich an 30 Pfund pro Person, also 60 Pfund. Naja, warum nicht! Wir wollten den Tower ja sehen.

Weltberühmt wurde der „Tower of London" als Heimat der Kronjuwelen. Der Tower ist wohl so ungefähr 900 Jahre alt, oder sogar noch älter. Der Tower ist ein historisches Schloss an der Themse im Zentrum Londons. Es war schon sehr beeindruckend, mit einem langsamen Laufband an den Kronjuwelen vorbeigefahren zu werden. Schon sehr edel, königlich und protzig. In diesem Raum steht auch Wachpersonal zur Sicherheit. Im Vorfeld konnte man sich in einen Raum mit Leinwand und Stühlen die Krönung der sehr jungen Elisabeth II ansehen. Und das taten wir und viele andere Besucher auch. Das war schon sehr beeindruckend. Mir und Tom gefiel das sehr. An diesem Nachmittag im „Tower of London" hatten wir sehr viel Spaß. Tom und ich waren gut drauf. Das Wetter war schön, was nicht selbstverständlich für London ist. Sehr oft haben wir London mit Wolken und leichten Regen erlebt. Eine Jacke mit Kapuze ist ein „MUSS" in London.

Im Tower kann man ja mehrere Gebäude besichtigen. Eine sehr gepflegte Sehenswürdigkeit, mit viel Grün dazwischen und vielen Bänken zum Ausruhen. Ab und an saßen wir auch zum Ausruhen mal auf einer Bank. Was für eine Weltstadt.

Wir sahen Menschen aus allen Ländern der Welt. Sehr beeindruckend. Der Tower of London, ein riesen Magnet für alle London- und England-Fans. Aufgefallen sind uns auch die Raben im Tower. Eine Legende besagt, dass der White Tower, die Monarchie und das gesamte Königreich zugrunde gehen würden, falls die Raben jemals den Tower verließen. Es sind wohl 7 Raben und zur Sicherheit, gibt es noch 2 Reserve Raben. Irgendwie waren im 2. Weltkrieg wohl fasst alle Raben verschwunden, bis auf 1 Raben. Und England schaffte es dann doch, zu siegen. Den Raben wird im Tower eine große Bedeutung zugeschrieben. Das hat uns sehr gefallen. Wir mögen Tiere. Und wir mochten ganz besonders die Legende mit den 7 Raben. Irgendwie mitreißend und einfach nur schön. Zur Erhaltung werden die Raben nachts wohl zu ihrer Sicherheit eingesperrt. Weil der Fuchs schon ab und an zugeschlagen. Dann lieber die „kleinen schwarzen Glücksbringer" in Sicherheit bringen. --- Gefällt mir ---

Gerne wären wir noch länger im Tower geblieben. Die Zeit verging wie im Fluge.

Für den Besuch im „Tower of London" empfehle ich, die Durchschnitts Ulla, 3 bis 4 Stunden einzuplanen. Der Eintritt ist zwar teuer, aber es wird auch viel von der Vergangenheit, von der Geschichte von London gezeigt. Wir haben die Kronjuwelen gesehen. Auch viele alte Waffen, Kanonen und Ritterrüstungen. Alles sehr sehenswert. Zu London gehört der Tower. Und wer aus London abreißt und den Tower nicht gesehen hat, war nicht wirklich in London. Ich, die Ulla, mochte den Tower und das Feeling dort sehr!!

Blick seitlich auf den „Tower of London"

Alt und Moderne vermischt sich immer mehr in London.

Zu Hause sahen wir einen Bericht über einen Aussichtsturm in London – „The Shard". Die Engländer nennen diesen Aussichtsturm gerne, die Scherbe. Sieht auch so aus. Nein eigentlich viel viel schöner. Die Scherbe ist 310 Meter hoch und hat 72 Stockwerke. Da wir die Scherbe schon von weiten sahen, dachten wir, da laufen wir einfach hin. Was für ein Fehler. Ich glaube, wir liefen gefühlte 10 km, bis wir an der Scherbe waren. Ich, die Durchschnitts Ulla, war sehr kaputt und außer Atem. Ich hatte total schlechte Laune und Tom bekam alles ab. Tom sagte immer nur: „Du wolltest das!!" Nachdem er das 4 bis 5 Mal sagte, mussten wir BEIDE lachen. Stimmt, ich wollte das. Wäre aber doch lieber mit dem Bus oder der U Bahn gefahren! Tom auch, sagte er mir später.

Zu spät, laufen ist sehr gesund.

Wir waren sehr froh, als wir die Scherbe erreichten. Hier war nicht ganz so viel los und wir konnten sofort mit dem Fahrstuhl in die Höhe fahren. In der Mitte mussten wir einmal umsteigen und zack waren wir oben. Eine ganz fantastische Aussicht zu allen Sehenswürdigkeiten. **SUPER!**

Blick über die Themse zum
Aussichtsturm „The Shard"

Aber leider war es sehr nebelig. Wir blieben 2 Stunden und schauten uns alles von oben an. Sehr schön.

Auf dem Aussichtsturm werden auch Getränke angeboten. Viele Besucher nutzten das. Wir auch.

So entstand nach unserem sehr langen Fußmarsch zur Scherbe dann doch noch eine gemütliche Stimmung. Hi....Hi......!!

Es war wirklich sehr schön auf dem Aussichtsturm.

Empfehlenswert!

Tower of London

Themse und Blick zu „The Shard"

Auf dem Aussichtsturm fühlten wir uns sehr wohl. Vor allem konnten wir uns dort von dem langen Fußmarsch ausruhen. Aber der schöne Ausblick von oben ließ schnell den langen Weg vergessen.

Durch die beginnende Dunkelheit, veränderte sich auch vieles. Auf einmal war alles sehr schön beleuchtet. Der Blick auf den Tower of London war nun sehr gut. Man sah auch ein sehr großes altes Kriegsschiff. Beleuchtet sah das Schiff wirklich KLASSE aus!

Von oben überlegten wir schon, wie wir wieder zu unserem Hotel kamen, ohne 10 Kilometer zu laufen. Das gelang uns auch wirklich gut. Wir konnten mit dem

Bus sehr gut und schnell fahren, mussten aber einmal umsteigen.

Es war schon bald Mitternacht, als wir im Hotel ankamen. Ganz geschafft vom Tag fielen wir ins Bett und freuten uns auf das Frühstück. Das Frühstück war sehr gut in unserem Hotel. Das Personal war sehr umsichtig, hat ständig das kleine Buffet aufgefüllt. Ein einfaches gutes Frühstück. Wir mochten das sehr. Es muss nicht immer alles so „Pompös" und in „Massen" sein. Da fallen mir ein paar nette Worte ein, die sich reimen.

--- Sei einfach und bescheiden, denn viele Menschen leiden. Haben kein Wasser und kein Brot. Das ist wirkliche Not. ---

Umso älter ich werde merke ich, die kleinen Dinge im Leben machen einen glücklich und nicht der finanzielle Wohlstand.

Vor ein paar Tagen drückte mich eine ehemalige Arbeitskollegin, einfach so, weil sie sich freute, mich mal wieder zu sehen. Und ich freute mich natürlich auch sehr und jetzt immer noch. Ich denke sowieso, nach wenigen Minuten entscheidet es sich, ob man jemanden mag oder nicht. Nicht jeder kann mit jedem, das wäre ja verlogen und unrealistisch.

Ein kleines Zitat von mir: --- Ein Freund erkennt den Freund in sich. Ein Ekel und ein Ekel finden sich nicht. --- Eure Ulla

So ihr lieben, nun weiter mit unseren London-Erlebnissen.

Sehr sehenswert ist natürlich der Buckingham Palast. Wir sind jedes Mal vom Trafalgar Square zum Buckingham Palast gelaufen. Denn zum Buckingham Palast fahren die schönen roten Busse nicht, nur Taxis. Das war immer ein schöner Spaziergang, oft auch schon in der Dunkelheit der Nacht. Endlich angekommen, tummelten sich dort immer unzählige Touristen. Wir machten natürlich auch unsere Fotos. Man kann auch einen Weg durch einen sehr gepflegten Park nehmen, mit viel Grün, schönen Blumen und süßen Tieren. So begleitete uns im Park ein putziges Eichhörnchen, wirklich süß. Ein paar Gänse und Enten saßen auf dem Gras. Sie strahlten eine wahnsinnige Ruhe aus. Wir dachten noch, die Tiere sind sicher daran gewöhnt, dass hier viele Besucher lang gehen. Sehr süß, sie brachten Leben in den gepflegten Park.

Ich dachte so, wäre schön, wenn ich so eine Ruhe hätte wie die Gänse in dem schönen Park. Die saßen ganz ruhig und lieb da. Im Grünen das Leben genießen. Ohne Kummer und Sorgen.

S C H Ö N !

T O L L !

VIERMAL waren wir in London.

Ich sage oft: *„I like London"!*
Dafür, für kleine Sätze und
Wortgruppen, reicht mein
Schulenglisch.

Und immer, wenn wir in London
waren, haben wir Fisch & Chips
gegessen. In London heißt das ---
Fish and Chips --- wir essen das
sehr gerne. Das typische Essen
stammt wohl noch aus den
Kriegsjahren, als es nicht viel gab.
In jeder belebten kleinen
Seitenstraße kann man „Fish and
Chips" essen**. --- LECKER ---**

Auch ein MUSS für jeden London-
Besuch. Finden Tom und ich. Es
waren auch immer sehr schöne
große Portionen, zum satt
werden. Die kleinen Restaurants,
in denen es „Fish and Chips" gibt,

waren oft sehr voll und etwas klebrig. Einfache Bauarbeiter mit Arbeitssachen und noch schmutzigen Händen saßen am Nebentisch und aßen auch den guten Fisch! Mir hat das ganz besonders gefallen. Einfache Leute, auch Arbeiter nach Feierabend, aßen dort ihren Fisch, ohne auf eine besondere Etikette, wie Aussehen und saubere Kleidung und Hände zu achten. Ich, eure Durchschnitts Ulla fand das richtig KLASSE! Ich fühlte mich SAUWOHL! Einfach, menschlich und sehr gut. ***London ist Prima!***

Fish and Chips Restaurant am Riesenrad London Eye

Hier ein Lieblingsfoto von mir.
Das habe ich in der
Abenddämmerung vom London
Eye „geschossen".

Ein schöner Blick zu Big Ben und
zum Parlament. Und meine -
einsame Möwe.

Da ich euch gerade über die sehr
leckeren „Fish and Chips"
berichtete, fällt mir ein, dass ich
euch von meiner lieben Freundin

Gisela berichten will. Ich kenne
Gisela aus meiner Jugend. Ich
lernte sie nach meinem Studium,
bei meiner ersten Arbeit im Büro
kennen. Dann verloren wir uns
sehr lange aus den Augen. Und als
ob es GENAUSO sein sollte, traf ich
Gisela vor 5 Jahren beim
Einkaufen wieder.

Wir verabredeten uns zum Essen.
Die Chemie stimmte sofort. Nun
gehe ich schon 5 Jahre regelmäßig
mit meiner lieben Freundin Gisela
alle 2 Monate lecker essen. Wir
erzählten uns immer sehr viel,
völlig ungeniert und einfach
ehrlich. Sehr oft gab mir meine
Gisela hilfreiche Hinweise. Sie
wusste von meiner
Krebserkrankung und von den

Schwierigkeiten mit meinem
Mann Tom.

Sie verhielt sich immer sehr
korrekt und neutral und
beleuchtete alle Schwierigkeiten
von mir von allen Seiten. Das
mochte ich sehr. Gisela redete mir
nie nach dem Mund. NIE! Danke
liebe Gisela für die schönen und
mit guten Gesprächen gefüllten
Abende! Ich wünschte, wir hätten
uns viel eher wieder gefunden.

***JEDER SOLLTE EINE FREUNDIN
WIE GISELA HABEN!!***

Sie brachte mich oft zum
Nachdenken und war für alle
Fragen offen. Neulich sagte sie
mir, sie habe mich vor 5 Jahren als

„**Wrack**" kennengelernt. Stimmt! Selber merkt man das gar nicht so, weil man wie in einem Hamsterrad steckt. Verrückt! Aber so ist das Leben. Ich, eure Durchschnitts Ulla, kenne **NIEMANDEN**, der eine gute harmonische Beziehung führt. Gibt es bestimmt, aber ich kenne keinen. Ja, ich fühlte mich wie ein „Wrack", ein gesunkenes Schiff, ruiniert und kaputt. Tom sah das natürlich auch, aber ihn interessierte das GARNICHT. Hauptsache, er hat seine sehr geliebte Arbeit. Er sagte mir neulich, wie sehr er an seiner Arbeit hängt. Ist ja alles gut und schön! Aber, hätte er mich vergessen müssen?? Nein, hätte er nicht!! DOOOOFI ?!

Und genau darum, mache ich Ende Oktober mal eine „kleine Ostseereise" nur für mich. Und ich freue mich sehr darauf!! Und von dieser Ostseereise, berichte ich euch in meinem nächsten Büchlein. Wir waren schon einige Male an der Ostsee. Immer sehr schön. Ich bin Ende Oktober geboren, vom Sternzeichen Skorpion. Ein lieber Skorpion und ehrlich. Ich mag es, auf das weite Meer zu sehen und durch den starken Wind zu laufen.

Der Wind wirft mich fasst um, aber ich lasse mich nicht umwerfen!!

Die Ostsee 2017. Nun, was sagt ihr, sieht doch super aus?!?!?!

Die Ostsee ist immer eine Reise wert. Auch alleine. Nur weil Menschen keinen Partner haben oder einen Partner, der keine Lust auf ein schönes Leben hat, kann man doch trotzdem ALLEINE REISEN. Ich find das sehr gut, denn wir haben alle nur ein Leben. Und das EINE LEBEN soll doch schön sein. Alleine, wenn es wirklich sein muss. Zu zweit wäre schöner, aber man kann ja niemanden zwingen.

Einmal nur Zeit für mich, finde ich auch sehr schön!

Und genau darum gönne ich mir das 1. Mal seit 30 Jahren einen Kurzurlaub alleine. Mein „Kleines Büchlein" folgt.

Das ist dann der 3. Band aus meiner Reihe „Der flitzende Fisch oder Ulla rennt um zu Leben"!!

Seid gespannt, ich bin es auch.

Der Titel wird sein: „Ulla alleine an der Ostsee „ oder so ähnlich.

EURE Durchschnitts Ulla!

Über einen Besuch in London möchte ich euch noch erzählen.

Das Wachsfigurenkabinett „Madame Tussauds". Der Eintritt war wieder, wie immer gewohnt in London, teuer. Aber dieses Mal mussten wir zusätzlich noch wirklich lange anstehen. Es dauerte bestimmt so 2 Stunden, bis wir drinnen waren. Am Eingang saß Audrey Hepburn in einer gewohnten Pose aus einen ihrer Filme. Das gefiel mir sehr. Sie zählte in den 1950er bis 1960er Jahren zu den führenden und bekanntesten weiblichen Filmstars. Ich denke, sie saß da in einer Pose aus dem bekannten Film „Frühstück bei Tiffany", schöner Film. Wirklich schön.

Man wollte wohl erst Marilyn Monroe für diesen Film besetzen und war dann auch sehr glücklich über Audrey Hepburn und ihre großartige Leistung in diesem Film. Sie gewann dafür einen Oscar.

Auch Marilyn Monroe ist natürlich im Wachsfigurenkabinett in London mit ihrer gewohnten Pose mit ihrem „fliegenden Kleid" zu finden. Lebensgroße Wachsfiguren von Prominenten und bekannten Persönlichkeiten. Sehr schön und sehr beliebt, und umzingelt war natürlich die königliche Familie. Die Royals dürfen natürlich in London nicht fehlen. Sehr schön gemacht und sehr schön als

größere Gruppe aufgestellt.
Wirklich schön.

Auf der nächsten Seite seht ihr ein
gelungenes Foto von den Royals.

Ich musste sehr lange warten, um
ein Foto zu schießen, auf dem
keine Besucher mit zu sehen sind.

Ich bin ganz zur Seite gegangen
und ich muss sagen, ein gutes
Foto.

Schaut mal!

Die Royale Familie

Marie Tussauds gründete 1835
das 1. Wachsfigurenmuseum in
der Baker Street mit ihren Söhnen.
Die Wachsfiguren sehen den
wirklichen Menschen sehr ähnlich.
Die Beatles, Michael Jackson, Elvis
Presley, Freddy Mercury,
Madonna, Albert Einstein und
viele viele mehr.

Sehr schön fanden wir auch die
dort ausgestellten Sportler und
Politiker.

Es folgt ein schönes Foto von Zwei
Super Sängern.

Ich höre die Musik von Beiden
sehr gerne.

Wachsfigurenkabinett

Elvis Presley

Freddy Mercury

Helen Mirren, eine Schauspiel-Ikone, ist auch in London ausgestellt. Ich mag die Filme sehr gerne in denen sie mitspielt. Ein sehr schöner Film mit Helen Mirren ist „Kalender Girls" von 2003. Ältere Damen ziehen sich für einen Kalender aus, um Geld für einen guten Zweck zu sammeln. Ein Film mit Inhalt und auch ein bisschen lustig. Ich sehe sehr gerne lustige Filme. Sehr gerne auch englische oder amerikanische Filme. In dem Film „The Queen" bekam sie die Hauptrolle. Und sie spielte das als Engländerin sehr gut –Fantastisch! Ein Ritterschlag für die beliebte Schauspielerin. Man hätte sicherlich nicht vielen die Rolle der

„Queen" in einem Spielfilm angeboten.

Mir und Tom ist im Wachsfigurenkabinett aufgefallen, dass dort unfassbar viel, fasst ständig irgendwer, irgendwas fotografiert. Sicher der meist fotografierte Ort in London.

Oft mussten wir sogar anstehen und warten, bis wir kurz ungestört auch ein Foto machen konnten. Besonderer Andrang war bei den Royals. --- Kein Wunder --- Wir waren ja auch im Vereinigten Königreich.

Wer London besucht, sollte sich unbedingt das Wachsfigurenkabinett anschauen! Das lohnt sich, ob jung oder alt.

Bei unserem Ticket-Kauf buchten wir gleich die Sherlock Holmes Ausstellung dazu. Das ist eine Art interaktives Schauspiel. Schauspieler spielen in verschiedenen Räumen, die der damaligen Zeit entsprechen und etwas gruselig wirken, kleine kurze Szenen. Alles der damaligen Zeit entsprechend und man ist wohl auf der Suche nach Sherlock Holmes. Die Räume wirkten wie alte kleine Gefängnisse und Folterkammern. Hu….hu!! Und stellenweise wurde das Publikum kurz mit einbezogen. Wir stellten uns immer weit nach hinten. Wenn ich nicht weiß was kommt, stehe ich lieber im Hintergrund. Aber muss man nicht. So schlimm war es nicht. Und es gab genügend Freiwillige, die vorne standen. Die „Sherlock Holmes Experience" kann ich euch empfehlen. Eine kleine gespielte Story in alten zeitgemäßen Gemäuern. Erst wollten wir die Zusatzausstellung nicht dazu buchen und dann hat es uns doch sehr gefallen.

Diese Führung war sehr schön!

Obwohl der Keller sehr eigenartig und eng war. Aber von der zeitgemäßen alten Gestaltung doch sehr gelungen.

Sherlock Holmes als Wachsfigur

Sehr zu empfehlen ist das 4D Kino. Man nahm sich aus großen Behältern eine 3D Brille und dann ging es los. Das ALLERERSTE MAL waren wir in einem 4D Kino. Alles sah wie echt aus. Und als vorne auf der Leinwand was explodierte und die Steine flogen, gingen wir alle in Deckung. Hi, Hi …. Man denkt wirklich, es fliegt einen alles in das Gesicht. Schön, wie sich ALLE im Kinosaal zur gleichen Zeit duckten und den Kopf einzogen. Man kann also sagen, man war mitten im Geschehen. Und auch der Kinositz war in Bewegung. Einmal sagte ich zu Tom: „Mein Sitz hat mich gerade getreten". Und Tom sagte, sein Sitz auch. Da wussten wir, das gehört zur Vorstellung im 4D Kino!

Wir waren nie zuvor in einem 4D Kino. Es war einfach GROSSARTIG! Man war mitten im Geschehen. Man denkt wirklich, man spielt mit. Und vom Kinositz wurde man auch noch „geschüttelt" und „getreten". Nochmal! Hi.....Hi!

Ganz ganz toll!

Auch die Star War`s-Figuren sind im Wachsfigurenkabinett ausgesellt. Auf jedem Fall was für Star War`s- Fans. Und davon gibt es viele.

Am Ausgang konnte man noch eine Menge Souvenirs kaufen. Wir kauften für unsere Kinder schöne Tassen.

Ein Ritual war für uns in London am Abschluss des Tages, meist schon in der Nacht, am Trafalgar Square anzuhalten.

Das Schöne ist, mit dem Bus-Ticket kann man den ganzen Tag die schönen roten Busse benutzen. Wir konnten so oft einsteigen und aussteigen wie wir wollten. Und das nutzten wir natürlich, um recht viel von der sehr schönen Stadt zu sehen. Obwohl, ich muss sagen, wir mussten uns ganz schön anstrengen, um uns die Bus-Nummern zu merken. Und damit das gut läuft, hatte ich mir ein kleines schwarzes Büchlein schon zu Hause angelegt. So konnten wir sicher und richtig von A nach B fahren, da wo wir auch hin

wollten. Und das klappte auch.
Was lernen wir: **Vorbereitung ist ALLES.**

Außerdem möchte ich sagen, mein Tom machte sich in London sehr gut. Er hatte immer unseren Rucksack mit Trinken und „Schnick Schnack" auf seinem Rücken und war sehr aufmerksam. Vielleicht waren wir deshalb VIERMAL in London, weil sich Tom da anstrengte und wir echt ein **„GUTES TEAM"** waren!

Reisen gegen Ehestress!

Ist doch ein gutes Motto – ODER?!

Ach doch, bei uns hat es geholfen.

Und auch miteinander zu sprechen hat geholfen. Obwohl das auch alles schief gehen kann?!

Man muss es auch wollen!

Ein Lob an meinen Tom. Gut gemacht Tom. Schlechter wäre auch nicht mehr länger gut gegangen!!

Das finde ich sehr gut.

Ich denke, eine 5. Reise nach London, würde uns sehr gefallen!!

Eure Ulla und wieder mein Tom

Der „Trafalgar Square" ist ein großer Platz in der Mitte von London.

Man kann sagen, in dem Zentrum von London. Da ist immer was los. Wir haben immer Straßenmusikanten und viel Trubel gesehen.

Die bekannte Nelson Säule steht in der Mitte des Platzes.

Dieser Platz wird sehr oft für viele Veranstaltungen und Events genutzt. England hat fantastische Musiker und Künstler, die dort schon aufgetreten sind. Egal an welchem Tag der Woche man dort ist, da ist immer was los. Und wenn nur ein Musiker, mit seiner Gitarre, bekannte Lieder singt.

Trafalgar Square

Big Ben und London Eye

Sofort bildete sich eine große Traube an Menschen.

Oberhalb des Platzes befindet sich die National Galerie London.

Die National Galerie ist ein bekanntes Kunstmuseum in London. Rund 2300 Werke werden hier ausgestellt. Werke vom 13. bis 19. Jahrhundert. Eines der meistbesuchten Museen der Welt. Der Eintritt zu den Gemälden ist frei. Eine großartige Sammlung von Kunstwerken. Werke von Frans Hals, Hans Holbein der Jüngere, Vincent van Gogh und viele mehr.

Ganz besonders haben uns die Werke von Vincent van Gogh gefallen. Van Gogh lebte von 1853 bis 1890. Er ist leider nur 37 Jahre geworden. Was hätte er noch alles malen können. Aber leider ist der Maler sehr früh gestorben. Er war ein niederländischer Maler und Zeichner.

Ich und auch Tom waren sehr begeistert. Da stehen wir nun in der National Galerie in London und schauen uns Werke von Van Gogh an. ---- Toll ----

Im Raum Nummer 43 waren die weltberühmten „Sonnenblumen".

Sonnenblumen waren für ihn ein Symbol für Freundschaft, Wärme und Glück.

Van Gogh malte die Serie der „Sonnenblumen" wohl auf Vorfreude auf den Besuch seines Freundes und Vorbildes Paul Gauguin.

Die Fünfzehn Sonnenblumen von Vincent van Gogh, war für uns das Highlight in der Gemäldegalerie in London. Er malte dieses Bild im Sommer 1888 in Südfrankreich. Der mit Abstand meist besuchte Raum in der National Galerie in London. Wirklich schön.

Im gleichen Raum sind auch Werke von seinem Weggefährten Paul Gauguin ausgestellt. Auch sehr schön.

Es gibt wohl insgesamt **7 Gemälde**
aus der Serie „Sonnenblumen"
von Van Gogh.

Drei Sonnenblumen, sind in einer
Privatsammlung in den USA.

Fünf Sonnenblumen, während des
2. Weltkrieges in Japan durch ein
Feuer zerstört.

Zwölf Sonnenblumen, in einer
Vase, in München.

Fünfzehn Sonnenblumen,
National Galerie London.

Zwölf Sonnenblumen,
Philadelphia Museum of Art.

Fünfzehn Sonnenblumen,
Museum of Art Tokio.

Fünfzehn Sonnenblumen, Van Gogh Museum Amsterdam.

Ich habe das ganz bewusst mal für euch aufgelistet, weil mir gar nicht bewusst war, dass es die Sonnenblumen von Van Gogh in Sieben Gemälden gibt. Da habe ich wieder was dazu gelernt. Ich glaube die wenigsten Menschen wissen das. Da muss man wohl schon Kunstliebhaber sein. Ich, die Durchschnitts Ulla wusste das nicht.

Eine Serie von Bildern des gleichen Motivs.

Schade, dass der Maler Van Gogh seinen Erfolg nicht mehr erlebte.

Faszinierend die „Sonnenblumen" von Van Gogh. Die Sonnenblumen wirken hell und freundlich.

Wir waren sehr begeistert!!

Auch „Stuhl mit Pfeife" von Van Gogh hat uns sehr berührt. Dieses Bild fanden wir etwas traurig, aber schön.

Der „Seerosenteich" von Claude Monet im Raum 41 fanden wir auch sehr schön.

Der Trafalgar Square ist für Touristen leicht erreichbar.

Ich möchte euch den Besuch der National Galerie, mit den zahlreichen großartigen Gemälden sehr berühmter Maler empfehlen.

Aber, das habt ihr schon längst bemerkt, weil ich so freudig und begeistert davon berichte.

Mir und Tom hat die Ausstellung sehr gefallen. Wir waren schon dreimal in der National Galerie.

Der Eintritt ist dort kostenlos, obwohl wir auch einmal bezahlen mussten, warum auch immer.

----- Sehenswert -----

Eure Durchschnitts Ulla

Mein kleines Büchlein „Ulla und Tom in London", hat mir beim Schreiben viel Freude gemacht. Ich erinnere mich gerne, an meine London Reisen mit Tom.

Und wir werden London bestimmt ein 5. Mal besuchen.

Vielleicht ist es mir gelungen, euch ein wenig neugierig auf die großartige Millionenstadt zu machen. Das würde mich sehr freuen.

Bei jedem Besuch haben wir was Neues in London gesehen. Wir waren nie enttäuscht, nur geschafft. Aber ich glaube, man ist von jeder Städtereise geschafft. Nun sind Tom und ich auch leider keine 20 Jahre mehr. Aber das ist nicht schlimm. Es kommt immer darauf an, was man aus seinem Leben macht! Ganz egal, wie alt man ist!

Da wir bei jedem London Besuch im Stadtteil Paddington wohnten, noch ein paar Worte dazu.

Paddington ist ein junger Bär mit einem roten Hut und einem blauen Regenmantel.

Paddington ist eine britische Filmkomödie. In deren Mittelpunkt der Bär Paddington aus Peru steht. Inzwischen gibt es zwei Filme über den beliebten Bär. Der 1. Film erschien 2014 und der 2. Film 2017. Beide Filme waren große Erfolge. Kein Wunder, die

Geschichte mit dem kleinen Bären geht einem ans Herz.

Die Verfilmung ist eine Kombination aus Realfilm und einer Computeranimation. Entstanden aus einer Kinderbuchreihe.

Wir mögen den kleinen Bären mit der blauen Regenjacke und dem roten Hut. Wir haben natürlich auch einen gekauft.

--- Plüschteddy ---

Da wir bei unserem 1. London Besuch den Tower nicht mehr geschafft hatten uns anzusehen, hatten wir einen guten Grund ein 2. Mal nach London zu kommen. Und so war es immer wieder, alles haben wir NIE geschafft und so waren wir jetzt schon VIERMAL in London! Und Nie gelangweilt, ein 5. Besuch ist schon geplant.

Beim nächsten London Besuch, möchten wir uns die St.- Pauls- Kathedrale in London ansehen. Die St.- Pauls- Kathedrale gehört zu den Größten der Welt. 1981 wurden dort Lady Diana Spencer und Prinz Charles getraut.

Auf den nächsten Seiten zeige ich euch ein paar schöne Fotos, die ich selber geschossen habe.

Ich mag die Bilder sehr.

Die typischen roten Busse und auch die typischen schwarzen Taxis in London. Obwohl, die Taxis gibt es schon lange in vielen farbenfrohen Farben, wie Türkis und Pink – und nicht NUR in Schwarz.

Ich verabschiede mich mit den schönen Fotos und sage – bis bald!!!!!

Eure Durchschnitts Ulla

Typische London Bilder

The Shard – Die Scherbe

Blick zum Parlament und Big Ben

Mit meinem 2. Büchlein komme ich nun langsam zum ENDE.

Heute waren Tom und ich wieder in unserem kleinen Nachbarort, in unserer Eisdiele.

Jeder Tisch war heute schon besetzt. Kein Wunder, da wird der Kuchen noch selber frisch gebacken. Von einer sehr netten älteren Dame. Als wir reinkamen, trug sie gerade einen sehr leckeren Mohnkuchen direkt an uns vorbei zu einem Tisch. LECKER!

Das nächste Mal fahren wir eine Stunde eher zu Kaffee und Kuchen. Heute nahmen wir nur unser Eis im Becher und setzten uns draußen auf die Bank in die

Sonne!! Tom nahm wieder Schoko Eis und ich Vanille Eis! Alles wie immer..... Hi ...hi...hi...!

Aber das nächste Mal möchten wir den Kuchen dort essen, der da frisch gebacken wird. Es wird auch langsam zu kalt für Eis. Jetzt kommen ja die kalten Monate, die ich auch sehr mag. Ich mag ganz besonders den Herbst, weil ich da geboren bin.

Als wir zurück fuhren, hatten wir noch viel Spaß im Auto. Im Radio kam ein sehr schönes Lied von Herbert Grönemeyer – Gib mir mein Herz zurück - ! Und ich sagte immer zu Tom, gib mir mein Herz zurück und er meinte, nein, das brauche er noch! Er lachte lieb.

Ich forderte mein Herz immer wieder ein…. Aber er wollte es behalten. Das gefiel mir!!

Als wir so über unsere schöne Heimat, über unser Land fuhren sagte ich plötzlich zu Tom, ich möchte ein Acker sein, der ist ewig da. Er meinte, er wolle eine Eiche sein. Da wäre er groß und würde ALLES von oben sehen. Und Eichen werden sehr alt, manchmal auch Tausend Jahre alt. Das war wirklich ein lustiges Gespräch. Eine Eiche wäre viel schöner, meinte Tom. Denn wenn ich ein Acker oder Feld wäre, dann würden die Kühe auf mich kacken. Ich sagte immer nein, und Tom sagte immer, doch…! So hatten wir noch eine lustige Autofahrt nach Hause.

Zu Hause kochte ich noch ein paar Kartoffeln. Dazu gab es Quark mit Gewürzen und Spiegeleier. Nam, nam…. War wirklich sehr lecker.

Danach machten wir uns noch einen gemütlichen Fernsehabend und später eine kuschlige Nacht.

So, meine lieben Freunde und Leser. Ich, der Acker und Tom, die Eiche sagen für dieses Büchlein euch GOODBYE!

Bleibt alle schön gesund!

Mal sehen, was ich euch im 3. Büchlein schreibe. Eine Reise an die Ostsee allein oder mit Tom schwirrt mir im Kopf herum. Und die Ostsee ist immer eine Reise wert. Es muss nicht immer das Ausland sein. Ich hoffe euch hat mein Büchlein „Ulla und Tom in London" gefallen.

Besondere und schöne Sehenswürdigkeiten hatte ich euch ja näher beschrieben und auch meine eigenen Fotos mit eingebaut.

Ich verabschiede mich von Euch.

Gestaltet euer Leben so, wie es sich für euch am besten anfühlt. Und achtet auch auf eure Mitmenschen.

Eure Durchschnitts Ulla